D0810191

CE LIVRE
APPARTIENT À
_____

OFFERT PAR
_____

RETROUVEZ **Paddington** DANS

MA PREMIÈRE BIBLIOTHÈQUE ROSE

Michael Bond

Un ours nommé Paddington

Traduction de Sophie Dalle

Illustrations d'Anne Jolly

HACHETTE

1

S'il vous plaît, prenez bien soin de cet ours, merci

C'est sur un quai de gare que monsieur et madame Brown ont fait la connaissance de Paddington.

Les Brown étaient venus chercher leur fille Judy, qui

rentrait du pensionnat pour les vacances. C'était une belle journée, et les voyageurs se pressaient dans le hall. Les trains sifflaient, les haut-parleurs hurlaient... Le bruit était tel que monsieur

Brown dut se pencher vers madame Brown pour lui dire ce qu'il venait d'apercevoir.

« Un ours ? s'exclama madame Brown. Dans la gare de Paddington ? Ne dis pas de bêtises, Henry. C'est impossible ! »

Monsieur Brown rajusta ses lunettes.

« Pourtant, je l'ai vu, insista-t-il. Là-bas... près du garage à bicyclettes. Il portait un drôle de chapeau. »

Sans attendre de réponse, il entraîna sa femme par le bras. Ils contournèrent un chariot à boissons, un kiosque à journaux, puis se faufilèrent entre deux montagnes de valises.

« Là ! annonça fièrement monsieur Brown en pointant le doigt vers un coin sombre. Je te l'avais bien dit ! »

Madame Brown distingua dans la pénombre une petite silhouette en fourrure.

Assise sur une vieille valise cabossée, elle portait une étiquette autour du cou.

« Tu as raison! s'exclama madame Brown... C'est bien un ours ! »

Elle le regarda de plus près.

C'était un drôle d'ours. Il était marron, d'un marron plutôt sale, et il l'observait de ses grands yeux ronds.

Il se leva et souleva poliment son chapeau, sous lequel pointaient deux oreilles noires.

« Bonjour, dit-il poliment.

— Euh... Bonjour », répondit monsieur Brown.

Il y eut un bref silence.

« Puis-je vous être utile ? » demanda l'ours.

Monsieur Brown paraissait mal à l'aise.

« Euh... non. En fait, c'est nous qui nous demandions si nous pouvions t'aider. »

Madame Brown se pencha.

« Tu es vraiment tout petit », constata-t-elle.

L'ours gonfla son torse.

« Je suis un ours rare, répondit-il avec fierté. Nous ne sommes plus très nombreux, dans mon pays.

— D'où viens-tu ? » voulut

savoir madame Brown.

« Du Pérou. Je ne devrais pas être ici. J'ai quitté mon pays en cachette !

— Un voyageur clandestin ? »

Son regard devint soudain triste.

« J'habitais avec ma tante Lucy au Pérou, mais elle est entrée dans une maison de retraite pour ours.

— Tu veux dire que tu es venu tout seul d'Amérique du Sud ? » s'exclama madame Brown.

L'ours hocha la tête.

« Tante Lucy a toujours dit qu'il faudrait que je parte, quand je serais grand. C'est pour ça qu'elle m'a enseigné l'anglais.

— Mais comment as-tu fait pour te nourrir ? Tu dois être affamé ! »

L'ours se plia en deux. Avec la minuscule clé qu'il portait autour du cou, il ouvrit sa valise et en sortit un pot presque vide.

« J'ai mangé de la marmelade. Les ours aiment beaucoup la marmelade. Pendant le voyage, j'ai dormi dans le canot de sauvetage du bateau.

— Que vas-tu devenir ? Tu ne peux pas rester là, en pleine gare de Paddington, à attendre qu'il se passe quelque chose.

— Oh, ça va aller... enfin, je pense. »

L'ours referma sa valise. Madame Brown en profita pour lire l'étiquette autour de son cou : S'IL VOUS PLAÎT, PRENEZ BIEN SOIN DE CET OURS, MERCI.

Elle se tourna vers son mari.

« Qu'allons-nous faire, Henry ? Nous n'allons pas le laisser là. Qui sait ce qui pourrait lui arriver ? Londres est une ville immense, surtout lorsqu'on n'a nulle part où aller. Et s'il venait passer quelques jours chez nous ? »

Monsieur Brown hésita.

« Mary, ma chérie, nous ne pouvons pas l'emmener. Pas comme ça.

— Pourquoi pas ? insista madame Brown. Il est adorable. Il tiendra compagnie à Jonathan et à Judy. Il ne restera pas longtemps. Les enfants ne nous pardonneraient jamais de l'avoir laissé là.

— Veux-tu venir chez nous ? Si tu n'as rien d'autre de prévu, évidemment », ajouta monsieur Brown, qui ne voulait surtout pas vexer l'ours.

Ce dernier se leva d'un bond. Il était tellement excité qu'il en perdit presque son chapeau.

« Oh ! Oui, s'il vous plaît.

Je ne sais pas où aller, et tous ces gens semblent tellement pressés.

— Dans ce cas, l'affaire est réglée, déclara madame Brown avant que son mari puisse changer d'avis. Tu auras de la marmelade tous les matins pour ton petit déjeuner, et...

— Tous les matins ? À la maison, je n'y avais droit que pour les jours de fête. Au Pérou, la marmelade coûte cher.

— Tu en auras chaque matin à partir de demain, promit madame Brown. Et du miel le dimanche. »

L'ours parut inquiet.

« Ça ne sera pas trop cher ? Vous comprenez, j'ai très peu d'argent.

— Ne t'en fais pas ! Nous ne te demanderons rien, tu feras partie de la famille. N'est-ce pas, Henry ?

— Bien sûr. À propos, puisque tu viens avec nous, autant nous présenter tout de suite. Voici madame Brown et moi, je suis monsieur Brown. »

L'ours leva son chapeau poliment. Deux fois.

« Mon prénom est trop compliqué. Personne ne sait le prononcer.

— Dans ce cas, nous allons t'en donner un nouveau, ce sera plus facile », décida madame Brown.

Elle se mit à réfléchir.

« Il faut trouver un nom spécial, murmura-t-elle, songeuse. Je sais ! Puisque c'est dans la gare de Paddington que nous t'avons trouvé, nous t'appellerons... Paddington !

— Paddington ! répéta l'ours... C'est un peu long, non ?

— C'est très joli, approuva monsieur Brown.

Oui, Paddington, c'est parfait. »

Madame Brown se redressa.

« Épatant ! Et maintenant, Paddington, je dois aller chercher Judy, notre petite fille. Elle revient du pensionnat. Tu as sûrement soif, après un voyage aussi long. Je te propose d'aller avec monsieur Brown au buffet. Il t'offrira une bonne tasse de thé. »

Paddington se lécha les babines.

« Volontiers. L'eau de mer, ça assèche la gorge. »

Il ramassa sa valise, enfonça son chapeau sur sa tête et s'inclina poliment.

« Après vous, monsieur Brown...

— Euh... merci, Paddington.

— Occupe-toi de lui, Henry. Et dès que tu auras un moment, enlève-lui cette horrible étiquette. On dirait un colis. Si un porteur le voit, il va

le jeter dans un chariot à bagages. »

Le buffet de la gare était noir de monde, mais monsieur Brown réussit à trouver une table pour deux dans un coin. En s'installant debout sur sa chaise, Paddington pouvait poser ses pattes sur la surface en verre. Pendant que monsieur Brown allait leur chercher un thé, le petit ours inspecta les alentours. Il avait très faim. Il restait sur la table un petit pain entamé, mais au moment où il voulut s'en emparer, une serveuse passa pour l'enlever.

« Tu ne vas pas manger ça,

petit. Tu ne sais pas qui l'a touché avant toi. »

Paddington avait tellement faim qu'il s'en souciait peu. Mais il était trop bien élevé pour protester.

Monsieur Brown revint avec deux tasses de thé fumantes et

une assiette remplie de gâteaux.

« Alors, Paddington, que dis-tu de ça ?

— C'est magnifique, dit-il, les yeux brillants. Mais j'ai du mal à boire dans une tasse. En général, je coince mon nez, ou alors, mon chapeau tombe dedans, ce qui donne un mauvais goût à la boisson. »

Monsieur Brown hésita.

« Dans ce cas, je vais verser du thé dans la soucoupe. Cela ne se fait pas, mais pour une fois... »

Paddington posa soigneusement son chapeau sur la table. Les gâteaux étaient très appétissants, surtout le plus gros, fourré à la crème et à la confiture.

« Tiens, Paddington, c'est pour toi. Je suis désolé, mais il n'y avait rien à la marmelade.

— Je suis content d'être ici, déclara Paddington en tendant une patte pour rapprocher l'assiette. Vous croyez que je peux me mettre debout sur la table pour manger ? »

Sans laisser le temps à monsieur Brown de lui répondre, il grimpa sur la table et posa sa patte droite sur le gâteau le plus appétissant. En quelques secondes Paddington en eut plein les moustaches. Autour d'eux, les gens se donnaient des coups de coudes, le regard posé sur le petit ours.

Monsieur Brown regretta
de n'avoir pas choisi une
pâtisserie moins collante. Il
ne connaissait pas encore très
bien les ours. Tournant la tête
vers la fenêtre, il fit fondre un
sucre dans son thé en faisant
comme si de rien n'était.

« Henry ! »

La voix de sa femme le ramena brusquement sur terre.

« Henry ! Qu'as-tu fait à ce pauvre petit ours ? Regarde-le, il est couvert de crème et de confiture ! »

Monsieur Brown sursauta.

« Il avait très faim », expliqua-t-il, un peu gêné.

Madame Brown se tourna vers sa fille.

« Voilà ce qui arrive quand je laisse ton père tout seul plus de cinq minutes. »

Judy tapa dans ses mains, tout excitée.

« Dis, Papa, c'est vrai qu'il va venir chez nous ?

— Si c'est le cas, nous évi-
terons de le confier à ton
père, précisa madame Brown.
Regarde dans quel état est ce
pauvre ourson ! »

Paddington, qui était trop

occupé à manger pour se rendre compte de ce qui se passait autour de lui, comprit soudain qu'on parlait de lui. Il leva les yeux et vit que madame Brown était revenue, accompagnée d'une fillette aux yeux bleus et aux longs cheveux blonds. Il se redressa brusquement, et dans son mouvement glissa sur de la confiture de fraise. Un court instant, il eut la désagréable impression de voir le monde à l'envers. Il agita furieusement les pattes, puis, avant qu'on puisse le rattraper, tomba en arrière dans sa soucoupe de thé. Il rebondit aussitôt, car le liquide était encore chaud, et mit un pied dans la tasse de monsieur Brown.

Judy riait aux éclats.

« Oh, Maman, qu'est-ce qu'il est rigolo ! »

Paddington, qui ne trouvait pas ça drôle du tout, se figea. Il avait de la crème partout sur la figure, et de la confiture de fraise sur l'oreille gauche.

« Et il n'en a mangé qu'un ! » soupira madame Brown.

Monsieur Brown toussota. De l'autre côté du comptoir, la serveuse les observait d'un air sévère.

« Nous ferions mieux de

rentrer. Je vais essayer de trouver un taxi. »

Penaud, Paddington descendit de la table. Judy le prit par la patte.

« Viens, Paddington, nous allons t'emmener à la maison.

Tu prendras un bon bain chaud. Ensuite, tu me raconteras tout sur ton pays. Je suis sûre que tu as vécu des tas d'aventures extraordinaires. »

Monsieur Brown avait appelé un taxi. Le chauffeur examina Paddington de bas en haut.

« Il y a un supplément pour les ours, gronda-t-il. Et pour les ours sales, c'est le double.

— Ce n'est pas sa faute, monsieur. Il a eu un petit accident.

— Bon, d'accord, montez. Mais débrouillez-vous pour qu'il n'y ait pas de dégâts. J'ai nettoyé ma voiture ce matin. »

Les Brown s'installèrent

sur la banquette arrière, tandis que Paddington s'asseyait sur un strapontin juste derrière le chauffeur, de manière à pouvoir regarder par la fenêtre.

Dehors, le soleil brillait. Après toutes ces semaines

enfermé dans un canot de sauvetage, Paddington était heureux de découvrir les passants, les automobiles et les bus rouges à étage. Rien à voir avec ce qu'il avait connu.

Il pensait qu'il allait se plaire chez monsieur et madame Brown, quand soudain, le chauffeur poussa la vitre coulissante derrière lui.

« Où allez-vous, déjà ?

— Trente-deux, Windsor Gardens, répondit monsieur Brown.

— Je n'entends rien ! »

Paddington lui tapota l'épaule.

« Nous allons au trente-deux,

43

Windsor Gardens », répéta-t-il.

En entendant la voix de
Paddington, le chauffeur sursauta et évita de justesse un
autobus.

« Et voilà ! J'ai de la crème
partout sur ma veste ! » s'écria-

t-il en découvrant son épaule barbouillée.

Judy éclata de rire. Monsieur et madame Brown échangèrent des regards inquiets.

« Je vous prie de m'excuser », dit Paddington en se penchant en avant pour frotter la tache avec son autre patte.

Le chauffeur referma sèchement la vitre.

« Il est urgent qu'il prenne un bain, chuchota madame Brown. Il en met partout. »

Paddington ne détestait pas les bains, mais toute cette crème, toute cette confiture, c'était si bon. Il trouvait dommage de devoir se laver si vite.

Quand la voiture s'arrêta devant la maison des Brown, Paddington ramassa sa valise et suivit Judy vers l'escalier blanc qui menait à une grande porte verte.

« Tu vas faire connaissance avec madame Bird, expliqua Judy. C'est elle qui s'occupe de nous. Elle râle souvent, mais au fond, elle n'est pas méchante. Je suis sûre que tu vas l'aimer. »

Paddington sentit que ses genoux se mettaient à trembler. Il chercha des yeux monsieur et madame Brown, mais ils étaient en grande discussion avec le chauffeur de taxi. Derrière la porte, il perçut un bruit de pas.

« Mais elle, est-ce qu'elle va m'aimer ? » murmura-t-il d'un air inquiet.

2

Un ours
dans la baignoire

Paddington était un peu
inquiet lorsque madame Bird
ouvrit la porte. Il fut agréa-
blement surpris de découvrir
une dame ronde aux cheveux
gris et aux yeux pétillants. En

apercevant Judy, elle leva les mains au-dessus de sa tête.

« Mon Dieu, vous voilà déjà ! s'exclama-t-elle. Et moi qui n'ai pas encore fini la lessive ! Je suppose que vous mourez de faim ?

— Bonjour, madame Bird, répondit Judy. Je suis contente de vous revoir. Comment vont vos rhumatismes ?

— Ça ne s'arrange pas... »
Elle se tut subitement en dévisageant Paddington.

« Qu'est-ce que c'est que ça ?

— Un ours. Il s'appelle Paddington. »
Paddington souleva son chapeau.

« Un ours ? s'étonna madame Bird. En tout cas, il est bien élevé.

— Il va habiter avec nous, expliqua Judy. Il arrive du Pérou. Il est seul et n'a nulle part où aller.

— Habiter avec nous ?

répéta madame Bird en agi-
tant les bras. Pour combien
de temps ? »

Judy regarda autour d'elle
avant de répondre :

« Je n'en sais rien.

— Vous auriez dû me prévenir.

J'aurais préparé le lit de la chambre d'amis.

— Ne vous en faites pas, madame Bird. Je vais commencer par prendre un bain, si vous le voulez bien. J'ai eu un petit accident en voulant manger un gâteau.

— Ah, murmura madame Bird en s'effaçant. Bon, dans ce cas, entrez. Mais attention au tapis. Je viens de le nettoyer. »

Judy prit la patte de Paddington et la serra très fort.

« J'ai l'impression qu'elle t'aime déjà », chuchota-t-elle.

Paddington suivit madame Bird des yeux.

« Elle me paraît bien sévère. »
La gouvernante se retourna brusquement.

« Que dis-tu ? »
Paddington sursauta.

« Je... euh...

— D'où vient-il, déjà ?
D'Amérique du Sud ?

— Du fin fond du Pérou,
expliqua Paddington.

— Hum, marmonna
madame Bird, songeuse. Je
suppose que tu aimes la marmelade. Je ferais bien d'aller
en acheter.

— Tu vois ? Je te l'avais
bien dit ! s'écria Judy, quand
madame Bird eut disparu. Tu
lui plais !

—Je me demande comment elle a deviné mon faible pour la marmelade, dit Paddington.

— Madame Bird sait tout sur tout. À présent, viens, je vais te montrer ta chambre. C'était la mienne, quand

j'étais petite. J'avais accroché plein de photos d'ours aux murs. Je pense que tu t'y sentiras comme chez toi. »

Elle le guida à l'étage, sans cesser de bavarder.

« Là, c'est la salle de bains, annonça Judy. Et là, ma chambre. Celle-ci, c'est celle de Jonathan... mon frère, tu ne vas pas tarder à le rencontrer. Ici, c'est celle de Maman et de Papa... Et voici la tienne ! »

Paddington faillit tomber à la renverse. Jamais il n'avait vu une chambre aussi grande.

« Voici la commode, expliqua Judy en ouvrant un tiroir. Tu

pourras y ranger toutes tes affaires. »

Paddington regarda sa valise.

« Je n'ai presque rien. C'est le problème, quand on est petit.

— Nous allons arranger

ça, décréta Judy. Je vais essayer de convaincre Maman de t'emmener faire quelques courses. »

Elle s'agenouilla auprès de Paddington.

« Je vais t'aider à défaire tes bagages.

— C'est très gentil, marmonna Paddington, mais ce n'est pas la peine. Je n'ai qu'un pot de marmelade presque vide, mon album et quelques pièces de monnaie. Et voici une photo de ma tante Lucy.

— Elle a l'air très gentil, dit Judy. »

Comme Paddington avait un regard triste et lointain, elle ajouta précipitamment :

« Bon, je te laisse prendre un bain. Tu verras, il y a deux robinets, un pour l'eau chaude, l'autre pour l'eau froide. Tu trouveras aussi du savon et une serviette propre. Ah ! Et une brosse pour...

— Ça me paraît bien compliqué, coupa Paddington. J'aimerais autant me tremper dans une flaque d'eau. »

Judy rit aux éclats :

« Je crains que madame Bird ne soit pas d'accord. Pense à te laver les oreilles. Je les trouve bien noires.

— Mais c'est normal, c'est leur couleur ! » répliqua Paddington tandis que Judy refermait la porte derrière elle.

Il grimpa sur un tabouret près de la fenêtre et regarda dehors. Il vit un grand jardin

avec une petite mare et
quelques arbres. Plus loin,
s'élevaient d'autres maisons.
Il pensa que ce devait être
merveilleux de vivre tout le
temps dans un endroit pareil.
Il resta là sans bouger, jusqu'à ce que la buée sur les

vitres lui brouille la vue. Puis il essaya d'écrire son nom sur la vitre, mais il était long et difficile à épeler.

« Tout de même, se dit-il en grimpant sur la commode pour se contempler dans la glace, Paddington c'est un nom important. Il n'y a sans doute pas beaucoup d'ours dans le monde qui s'appellent Paddington ! »

C'était exactement ce que disait Judy à son papa, au même moment. La famille s'était réunie dans la salle à manger pour parler de lui. Judy avait suggéré de garder Paddington. Jonathan et sa maman étaient d'accord avec elle. Monsieur Brown hésitait encore.

« Voyons, Henry, insista madame Brown, tu ne peux pas le jeter dehors maintenant. Ce ne serait pas bien. » Monsieur Brown soupira. Au fond, il était du même avis que les autres.

« Je pense tout de même que nous devrions signaler sa présence à quelqu'un. »

— Je ne vois pas pourquoi, protesta Jonathan. Il se ferait arrêter parce qu'il a quitté son pays en cachette. »

Madame Brown posa son tricot.

« Henry, Jonathan a raison.
Nous ne pouvons pas prendre
ce risque. Je suis sûre qu'il n'a
fait de mal à personne, caché
dans son canot de sauvetage.

— Il y a aussi le problème
de l'argent de poche, ajouta
monsieur Brown. Je ne sais

pas combien on doit donner à un ours.

— Il recevra une livre par semaine, comme les enfants », décida madame Brown.

Monsieur Brown alluma sa pipe avant de répondre :

« Bien entendu, il faut demander l'avis de madame Bird. »

Monsieur Brown était donc d'accord pour garder Paddington ! Le reste de la famille laissa éclater sa joie.

« Va lui en parler tout de suite », dit madame Brown, quand le silence fut revenu. Monsieur Brown toussota. Il avait un peu peur de madame Bird, et se demandait bien comment elle allait accueillir la nouvelle. Il allait proposer de remettre cela à plus tard, quand la porte s'ouvrit. Madame Bird en personne apparut avec le thé.

« Je suppose que vous allez m'annoncer votre intention de garder Paddington, déclara-t-elle.

— Oh, s'il vous plaît, madame Bird ! la supplia Judy. Je suis sûre qu'il sera très sage.

— Hmmmm... »

Madame Bird posa le plateau sur la table.

« Cela reste à voir. Enfin, il me semble plutôt gentil.

— Alors ça ne vous ennuie pas, madame Bird ? » demanda monsieur Brown.

Madame Bird réfléchit un instant.

« Non. Non, pas du tout. J'ai toujours eu un faible pour les ours. Ce sera agréable d'en avoir un à la maison.

— Eh, bien ! s'exclama madame Brown, une fois la

porte refermée. Je n'en reviens pas !

— Je crois que c'est parce qu'il a levé son chapeau, intervint Judy. Ça lui a bien plu. Madame Bird attache beaucoup d'importance à la politesse. »

Madame Brown reprit son tricot.

« L'un d'entre nous devrait écrire à sa tante Lucy. Je suis certaine qu'elle serait heureuse de le savoir en sécurité. Judy et Jonathan, vous pourriez peut-être vous en charger ?

— À propos, où est Paddington ? s'enquit monsieur Brown. Dans sa chambre ? »

Judy leva le nez du secrétaire, où elle cherchait une feuille de papier.

« Il prend un bain.

— Un bain ! s'écria madame Brown, soudain inquiète. Il est un peu petit

pour prendre un bain tout seul, non ?

— Mary, calme-toi, grommela monsieur Brown en s'installant dans son fauteuil préféré avec un journal. Il s'amuse probablement comme un fou. »

Monsieur Brown ne se trompait pas en disant cela. Malheureusement, il était loin d'imaginer à quoi s'amusait Paddington. Il était assis au milieu de la salle de bains et dessinait une carte de l'Amérique du Sud avec le tube de crème à raser de monsieur Brown.

La carte de Paddington occupait pratiquement tout le sol. Avec le peu de crème à raser qu'il lui restait, il tenta de signer son prénom. Au bout de plusieurs essais, il inscrivit PADINGTUN.

Une goutte tiède atterrit sur son museau. Il se rendit compte tout d'un coup que la baignoire était pleine. Elle débordait, même. Avec un soupir, il l'escalada, ferma les yeux, se boucha le nez avec une patte, et sauta. L'eau était beaucoup plus chaude et profonde qu'il ne s'y attendait. Il dut se hisser sur la pointe des pieds.

Il découvrit alors avec horreur qu'il était beaucoup plus facile d'entrer dans le bain que d'en sortir. Surtout quand on a du savon plein les yeux. Il n'y voyait plus rien pour arrêter les robinets.

Il essaya d'appeler au secours, tout doucement d'abord, puis plus fort :

« Au secours ! Au secours ! »

Il attendit quelques instants, mais personne ne vint. Soudain, il eut une idée. Heureusement qu'il portait encore son chapeau ! Il le retira et s'en servit pour vider la baignoire.

« C'est curieux, s'exclama monsieur Brown en se frottant le front, j'ai l'impression d'avoir reçu une goutte d'eau sur la tête.

— Ne sois pas ridicule, mon chéri. C'est impossible ! »

Madame Brown, très occupée à son tricot, ne prit même pas la peine de lever les yeux.

Monsieur Brown reprit sa lecture.

« Combien coûte un timbre pour Lima ? » demanda alors Jonathan.

Judy allait lui répondre, quand une deuxième goutte tomba du plafond, sur la table, cette fois.

« Oh ! » s'écria-t-elle en se levant d'un bond et en tirant Jonathan par la main.

Il y avait une grosse tache au plafond, exactement sous la salle de bains !

« Où vas-tu, ma chérie ?

demanda madame Brown.

— Juste voir comment Paddington se débrouille. »

Elle poussa Jonathan dans le couloir et ferma la porte derrière eux.

« Qu'est-ce qui se passe ? demanda Jonathan.

— Je crois que Paddington a des problèmes ! » s'écria Judy en courant vers l'escalier.

Elle se précipita vers la salle de bains et frappa de toutes ses forces.

« Ça va, Paddington ? On peut entrer ?

— Au secours ! Au secours ! Entrez vite, je vais me noyer.

— Oh, mon pauvre Paddington ! s'exclama Judy en se penchant sur la baignoire pour l'aider à sortir. Heureusement, tu n'as rien ! »

Paddington s'allongea par terre, dans une mare d'eau.

« J'ai bien fait de garder mon chapeau, déclara-t-il, à

bout de souffle. Tante Lucy
m'a dit de ne jamais le quitter.

— Pourquoi n'as-tu pas
enlevé le bouchon, gros bêta ?

— Ah ! Je... euh... Je n'y ai
pas pensé. »

Jonathan contemplait Pad-
dington d'un air admiratif.

« Quel bazar ! Même moi,
je ne suis pas capable d'en
mettre autant. »

Paddington s'assit. Le car-
relage était recouvert de
mousse blanche.

« C'est vrai, admit-il, il y a
un peu de désordre. Je ne
sais pas comment j'ai fait.

— Un peu de désordre !
répéta Judy. Paddington,

nous avons beaucoup de tra-
vail devant nous. Si madame
Bird voit ça, je ne sais pas ce
qu'elle dira.

— Moi, si ! intervint Jonathan. Quand elle se fâche, elle
n'est pas drôle du tout ! »

Judy se mit à essuyer le sol avec un chiffon.

« Sèche-toi vite, sinon tu vas prendre froid. »

Paddington se frotta, l'air penaud, puis se regarda dans la glace.

« En tout cas, je suis nettement plus propre que tout à l'heure. Je ne me ressemble plus du tout ! »

Sa fourrure, plus claire qu'à son arrivée, était toute douce et soyeuse. Son museau brillait, et il n'y avait plus la moindre trace de crème ou de confiture sur ses oreilles. Il était tellement plus beau que, lorsqu'il entra dans la

salle à manger, tout le monde fit semblant de ne pas le reconnaître.

Même Judy et Jonathan furent d'accord pour dire qu'il devait y avoir une erreur. Paddington devint terriblement inquiet, jusqu'au moment où tout le monde éclata de rire. On le félicita pour son élégance.

Ils l'invitèrent à s'asseoir dans un petit fauteuil près du feu. Madame Bird revint avec une autre théière et une assiette de toasts beurrés.

« Et maintenant, Paddington, dit monsieur Brown lorsqu'ils furent tous installés, je propose

que tu nous racontes comment
tu es arrivé en Angleterre. »

Paddington s'essuya soi-
gneusement les moustaches,
plaça les pattes derrière sa
tête et étira ses doigts de pied
vers les flammes. Il aimait
bien raconter sa vie, surtout

lorsqu'il était heureux, et au chaud.

« J'ai grandi dans le fin fond du Pérou, commença-t-il. C'est ma tante Lucy qui m'a élevé. Celle qui vit aujourd'hui dans une maison de retraite pour les ours, à Lima. »

Il ferma les yeux et resta silencieux. Tout le monde attendait la suite avec impatience. Au bout d'un moment, comme il ne se passait rien, monsieur Brown toussa.

« Elle n'est pas très excitante jusque-là, ton histoire. »

Il se pencha et tapota

Paddington avec sa pipe.

« Ça alors ! On dirait qu'il s'est endormi ! ».

Table

Imprimé en France par **Partenaires-Livres®**
n° dépôt légal : 5999 - novembre 2000
20.24.0558.5/01 ISBN : 2.01.200558.6
Loi n° 49-956 du 16 juillet 1949
sur les publication destinées à la jeunesse